스쿠터 언니

스쿠터 언니

박현덕 시집

문학들

시인의 말

푸른 심연深淵에서
바람이 분다

비탈진 언덕에 올라
다시 한 그루의
유실수를 심는다

어느 가을날
그 나무 아래
가족과 옹기종기 모여앉아
풍요로운 열매를
맛보고 싶다

그때까지
떨어지는 꽃의 쓰라림과
폭풍을 껴안고
잘 자라다오
내 마음아

2010년 봄
박현덕

차례

5   시인의 말

제1부

13   묵호항

14   스쿠터 언니

15   뽀시락대는 어둠

16   오후 2시

17   인력시장에서

18   겨울 판화

19   십구공탄

20   골목

21   탄광촌에서

22   오후 3시 30분

24   냉장고

25   달빛이 머무는 시간

26   건설 일용노동자 장씨

27   남광주역 광장

제2부

31   폐지 줍는 노인

32   풀잎의 노래

33   물은 흘러 어디로 갈까

34   무녀의 꿈

35   빤히 들여다보인 하루

36   바람집

37   그 여자

38   불법 체류자

40   철새는 어디로 가야 할까

41   할머니국숫집

42   시월

43   폭염

44   겨울 판화

45   공친 날

46   안개

47   추석을 앞두고

48   꽃

49   매화가 흐드러지다

50   철근공

51   눈 내리는 저녁

제3부

55   저녁, 길을 나서다

56   규찰을 서며

57   공단을 나서며

58   신가리 포장마차

59   봄날

60   철야를 마치고

61   점심시간

62   퇴근

63   특근

64   예배당 가는 길

65   밤길

66   가리봉역을 지나며

67   용접·1

68   용접·2

69   일요일

70   우린 풀꽃이다·1

71   우린 풀꽃이다·2

72   우린 풀꽃이다·3

73   우린 풀꽃이다·4

74   우린 풀꽃이다·5

제4부

77 송정리詩篇·1

78 송정리詩篇·2

79 송정리詩篇·3

80 송정리詩篇·4

81 송정리詩篇·5

82 송정리詩篇·6

83 송정리詩篇·7

84 송정리詩篇·8

85 송정리詩篇·9

86 송정리詩篇·10

87 송정리詩篇·11

88 송정리詩篇·12

89 **해설** 21세기 '시조의 정치학'을 탐문하는_ 고명철

제1부

묵호항

진눈깨비 흩날리는 12월하고도 끝물

바다가 굽어보인 달동네에는 집집마다 흰 꽃이 핀다
마른 나뭇잎 펼친 채 몸을 떤다
　묵호항 선착장에서 올려다보니 너른 구름을 떠밀고
있는 희고 눈부신 배나무 숲 같다

출항을 꿈꾸는 뱃고동
파도소리 새겨 넣는다

스쿠터 언니

노란색 스쿠터를 몰고 나간 다방 언니

상점마다 굳게 다문 입을 열어 파릇한 아침 공기를
마신다 지난밤에 취객이 쏟아놓은 비린 것이 말끔하게
치워져 있다 전봇대에 낡은 양복 걸어둔 채 심해에 가
라앉아 산란을 꿈꾸던 사내도 도망친다 바람의 꼬리를
물고 늘어지는 읍엔 빈 소문들이 무성하다

소읍의 삼거리 지나며 또 바람소릴 듣는다

허기진 배 움켜쥐고 얘기 나누고픈 철물점과
간판이 너덜거리는 역전 광장 이발소와
언니는 버스 터미널까지 물음표를 찍고 온다

노란색 스쿠터가 거리를 달릴 때면
끝내는 어지러워, 날갯빛이 노랗다
더듬이 힘들게 세운 노랑나비 우리 언니

뽀시락대는 어둠

오토바이에 우유 싣고 아파트촌 다닌다

새벽 5시 뽀시락대는 어둠, 마파람도 힘껏 입 벌려 가
로수와 쓰레기통까지 삼킬 것 같다 잠옷차림 여자가 베
란다로 나와 살이 축 늘어진 목을 내민다 풋잠 든 하늘
바라보며 입 크게 벌리고

저것은 하늘과 교감 나눈 닭장 속 암탉이다

분리수거 옆 쓰레기더미 헤집는 고양이

혀 길게 내밀고 참치 캔을 뒤집는다 갑자기 남태평양
참치를 아작아작 거두는 소리 가시도 없는 참치 살점으
로 채워질 허기여 우유를 주자 언제 그랬냐는 듯 고양
이는 하늘을 올려다본다

저마다 우유 씹으며 마음의 문을 잠근다

오후 2시

나른해 배꼽부터 힘주고 기지개 켠다
뼈가 도미노처럼 한곳으로 휩쓸리더니
별안간 막춤 추다가 꼿꼿하게 일어선다

지금 목 바짝 마른 옥탑방이 짖어댄다

저녁 내내 죽부인처럼 껴안고 잔 먼지들이 어둠의 내
부를 몰래 보여준 오후 2시, 잠시 유리창 뚫고 들어온
허연 칼날에 비명 지르며 뚝뚝 떨어진다 평상에 앉아
사거리 끌어당기니 리어카 가득 폐지 싣고 언덕을 넘어
가는 노부부, 산 하나 밀고 간다
희망슈퍼 파라솔 아래에선 얼굴 벙글게 맥주 거품까
지 홀짝인 공사장 인부 몇 팔뚝에도 문신 같은 못자국
으로 못 돋친 장미가 피는 것 아닐까

하늘은 눈 따갑도록 플래시 터뜨린다

인력시장에서

새벽 네 시
직업소개소
꽃불 주위의 중년들

무너진 꿈
가슴에 안고
발을 동동 구르며

허기진
하루살이 노동
호명 소리
기다린다

겨울 판화

눈 사납게 온다 병원도 흰 모포를 뒤집어쓰고 자동차
들 길 속으로 점점 빨려 들어가 헐거운 길이 붐빈다 바
퀴의 아우성이여

사거리 강진식당 늦은 점심 먹다가 담낭암이신 아버
지, 창 밖 풍경 훔쳐본다 어느새 희뿌연 기억들이 바람
결에 지워지고

대열에서 벗어난 자동차가 울부짖고 아버지 그 광경
에 취해 지금 눈물 흘린갑다 저 눈은 아버지의 몸이다
꽁꽁 언 길이다

감자탕 이글거리며 뼈다귀를 드러내고 밥그릇에 발
라낸 고기를 얹혀 준다 목젖에 걸리는 삭정이 꾸역꾸역
삼킨다

십구공탄

함바집 핥고 가는 물방울 소리 듣네

젖은 가슴 풀어 놓고 잡탕을 먹는 시간

바람이 서럽게 울며 나무 흔들고 가는구나

공사장 핥고 가는 물방울 소리 듣네

종이박스 깔고 누워 새우잠을 청하면

뼈마디 바스러진 꿈, 연탄불이 울고 있다

골목

눈발 내리 퍼붓는 날 언덕길을 오른다 담장 끝으로
몰고 가서 사정없이 후려치는 눈, 집처럼 낡아버린 몸
뼛속 숭숭 바람 드는

문득 점방을 만난다 사내들의 고스톱도 흰 밥꽃에 뒤
섞여 피고 지는 긴 하루다 저 뽕짝 강물 뒤척일 때 하늘
도 출렁출렁

지친 몸 질질 끌고 오래도록 걸었다 햇살에 옥상 위
기저귀가 날아오르고 달동네 처마 밑에서 참새들이 라
면 먹는다

탄광촌에서

교대 마친 광부들 해남집에서 술 들이킨다

석쇠에 가득 올린 돼지비계를 뒤적뒤적

가슴 속 쑤셔 넣으며 탄가루를 걸러낸다

해남집 앞 예순 가량의 광부가 눈 흘긴 채

섯다판을 보다가 씨꺼먼 탄 뿌리며 간다

사택의 창문 열어놔도 달이 뜨지 않는다

오후 3시 30분

작업복 걸친 가장들의
담배연기 같은 막장
축 늘어진 3시 30분
뒤돌아보지 말자며
꾸불텅 갱도 속으로
천천히 들어간다

우리가 기억한 길이
여기서 끝나는 걸까
끝도 없이 펼쳐지는
어둠 속을 헤맨다
모든 것 한줌 재가 되는
나무로 짠 감옥에서

해남집 차양막 아래
웅크린 술병마다
탄광촌 사택 지킨
늙은 새가 숨어 있다

더 이상 날 수 없다는 듯

하늘 가득 울음 푼다

* 3시 30분 : 화순 탄광촌 근무 교대 시간. 오전반은 아침 7시에 들어가
서 오후 3시 30분에, 오후반은 3시 30분에 갱도를 들어가 밤 11시에 나
온다.

냉장고

한밤중 굵은 가래 넘어가는 소리 들린다
누군가 거실의 TV를 몰래 켜 놓고
야동을 혼자 즐기다 다급하게 수음할까

방문을 살짝 열고 거실을 둘러보니

TV는 홈쇼핑 채널에 멈춰 있다 거기 늙은 냉장고를
밀치고 나와 저희들끼리 스크럼 짜고 앉아 있는 잡다한
군상들이 보인다 구석구석 잠복해 있다 갑자기 나타난
그들은

오늘도
살아남기 위해
끔찍하게 먹는다

달빛이 머무는 시간

밤 아홉 시 영등포역 대합실 의자에서
머리가 벗겨진 한 사내가 흐느낀다
저 광장 나목이 되어 기억을 걸어 둔다

유리창 밖 건물들이 몰려든 불새 같다
바람에 몸 일으켜 날갯죽지 파닥이는
그러다 하늘을 뚫고 어둠에 머릴 박는다

계단에 머문 달빛 그 곁으로 잠시 나와
노숙의 마른 상처를 술잔에 적셔 본다
갈라진 가슴속으로 속울음을 삼킨다

건설 일용노동자 장씨

　장맛비 쏟아진다 월산동 산꼭대기 허름한 슬라브집
마루에 웅크리고 산 아래 번화한 도시 보며 담배 핀다
신기루야

　피를 빨아 먹으며 사나흘 동안 잠비 내린다 빗속으로
그 물결 따라 아내는 횟집 가고 밤마다 물고기 한 마리
방에서 파닥인다

　하늘은 까불대며 한바탕 벼락 때린다 골목 입구 점방
에서 낮술에 불콰하다 공친 날 몸 구석구석 다디단 물
이 넘친다

남광주역 광장

− 새벽 5시 30분

도심의 어둠 속에서 잠을 설친 역전 광장
가슴을 뚫어 보는 서치라이트에 몸 튼다
역 주변 남루한 어머니들
바다와 들을 끌고 왔다

아침잠도 달아나고 초 하나에 불을 댕겨
깡통난로 위 엉덩이 대고 세월에 웅크린다
반짝장, 펼친 좌판 옆
구겨진 지전 몇 장

성수동 어느 공장 가난 깎는 선반공으로
공중에 길을 낸 철새처럼 살아갈까
뼈들이 웅성거리며
꺾인 무릎을 세운다

제2부

폐지 줍는 노인

– 영등포 쪽방촌 1

햇볕이 비닐창을 관통한 정오 무렵
먼지의 잠 털고 나와 종이박스 줍는 노인
지난 밤 문을 두드린 어둠도 솎아내고

리어카에 종이박스 차곡차곡 채워질 때
자꾸 키가 작아지는 노인의 저녁 길은
잠이 들 영등포 골목을 들썩이며 다닌다

풀잎의 노래

- 영등포 쪽방촌 2

서울의 질긴 하루가 옷을 더 껴입는 밤 쪽방촌 골목
마다 찬 거리 배회했던 어둠 속 해진 신발이 발자국을
지운다

전철 지나갈 때 건반이 마냥 울고 젖가슴을 드러낸
도시가 들썩인다 보인다 스무 살 광기가 거울 속에 숨
어 있다

임파선 암 말기라는 노파의 방문 여니 판잣집 안
1300원짜리 조문객 즐비하다 소주로 방부처리 된 몸 중
원의 무측천이다

물은 흘러 어디로 갈까

- 영등포 쪽방촌 3

창문도 없는 저 아방궁 바람에 울먹거린다 나를 빼곤
전장에서 포획한 물건들 각자의 주인 버리고 숨죽이며
살았다

어느 여름 하늘이 괴성을 지르던 날 혹독하게 젖은
궁 물고문이 시작되고 보호소 유리창 열어 달빛을 따
먹는다

하늘은 태연한 척 햇살의 길 다시 내듯 거친 도시, 한
곳으로만 나는 자꾸 출렁대고 어둠이 불길한 예감을 슬
며시 안고 온다

무녀의 꿈

당골네가 죽었다

일 년에 한 번
작두 탄

신당은 남아 있는데
내림굿도
못하고

쪽방촌
용하다는 완도집,
신간 위로
노을꽃 핀다

빤히 들여다보인 하루

- 영등포 쪽방촌 5

새벽 4시 영등포역 앞 근로자 대기소
바람은 광장을 면도하듯 쓸어내고
언 몸을 장작불로 녹인 푸른 꿈의 생선이여

광장 가득 펼쳐진 좌판에 눈을 흘긴
젊은 사내 갈고리 손 움직여 뽑기하면
순간이 순간을 버리고 담벼락에 부딪힌다

늙고 병든 생선을 심술궂게 발로 차는
이렇게 공친 하루 잔술로 마음 누르고
지하철 계단에 앉아 빈 밥그릇 내민다

바람집

– 영등포 쪽방촌 6

영등포역
뒤편을
한참 동안 걸어가면

성냥갑처럼 붙어 있는
바람집이
출렁인다

대낮에
술 취해 절규하는
유배지의
노인 본다

그 여자

– 영등포 쪽방촌 7

밤 도시랑 어깨 걸치며 취하도록 노래 부른다 그러다
가 전봇대 붙잡고 속엣것을 뱉어낼 때 아줌마 살살 다
가와 등짝을 두드린다

꿈을 밟고 쉰 넘긴 대인동의 작부였다 입영 전 그녀
에게 왜 나를 주었는지 가슴이 너무 추워서 그어 댄 성
냥불처럼

쪽방촌 미로를 따라가 방에 눕는다 천장 통해 별동별
한꺼번에 쏟아지고 여자는 가슴을 열고 향기 없는 꽃을
판다

불법 체류자

1

흰 눈꽃이 피고 진다
노점에 서서
거리 보면

나를 더 구석으로
몰고 간
거친 눈발

십이월, 바람처럼 살기 위해
빵틀을 뒤집는다

2

자동차공장 프레스에
압착된
오른팔은

종합병원 음식물
쓰레기통에 들어갔고

가끔씩 파키스탄 향해
철새처럼 날아간다

철새는 어디로 가야 할까

- 영등포 쪽방촌 9

영등포역 대기실에서 아홉시 뉴스 본다
늦가을 한강 밤섬 북방 손님이 찾아와
저물녘 하늘을 덮은 군무, 화면에 담고 있다

나무처럼 야위어간 눈 침침한 사랑이여
서울 그 한복판 관통하는 강물로
끊어진 신경감각을 연결하고픈 밤이다

구호 같은 장대비에 철거독촉장 눌러 붙고
빌딩으로 둘러싸인 자본의 외진 섬에
오늘은 중풍을 맞은 철새가 기웃거린다

할머니국숫집

선잠 털고 일어나 비닐창을 걷으니 국숫발 같은 여린
비가 판자벽을 적신다 햇살이 드리워지면 푸른 잎을 펼
치겠지

나무집 앞 의자에 앉아 사거리 잡아당긴다 천 원짜리
멸치국수 대기표 받는 사람들 그나마 행운이라고 국물
까지 삼킨다

봄 여름 가을 겨울 국숫집은 붐빈다 아이의 첫돌 때
도 노인의 죽음에도 쪽방촌 안개를 뭉쳐 뽑은 긴 면발
을 먹는다

시월

– 영등포 쪽방촌 11

가을 하늘
닮고 싶다던
보성 아재가 빳빳하다

고철 실은
트럭에
반듯하게 누워서

하늘을
가슴에 담고
벽제로
울컹 간다

폭염

– 영등포 쪽방촌 12

교도소 독방들이
여기 숨어 있구나

한낮에도
전등 켠
한증막 세상이야

쪽방촌
독거노인 몇 몇
우리은행
문을 연다

겨울 판화

– 영등포 쪽방촌 13

밤새 몸이 들쑤신다 바람처럼 왔다 간 유년의 꿈에
끌려 심해에서 허우적댄다 취한 삶 바다를 안고 파도로
울어 봐도

서울이 훤히 뵈는 고층아파트 공사장
철근을 엮으며 한겨울도 보내고
내 노래 눈발에 섞여 길 위로 떨어진다

사랑하리 함초처럼 무식하게 자란 것을, 잠깐의 행적
을 기록하고 떠난 친구를, 흰 새가 저녁을 물고 가로등
아래서 운다

공친 날

― 영등포 쪽방촌 14

깝깝시럽다
중국 동포
일용직 건설노동자

공치는 날 너무 많아
낮술에 풋잠 잔다

타버린
살갗 속으로
햇살이
금침 놓는다

안개

쪽방촌에 사람 죽어 나갈 때 안개 낀다 판잣집 틈새
마다 몸 구부리고 들어가 그 집들 바느질하듯 허연 실
로 꿰맨다

멀리서 보면 바람에 만장처럼 나부끼는 쪽방촌의 모
습은 이리저리 몰려다닌 눈꽃이 왕릉을 덮고 있는 거대
한 형상이다

머리 짚고 생각하니 한때는 왕이었다 독거노인이 등
긁으면 한올 한올 풀려나는 안개, 저렇게 뼈만 남은 나
무를 얼기설기 감고 있다

추석을 앞두고

– 영등포 쪽방촌 16

1

여름부터 고물상은 손님들로 분주하다
몇 푼의 돈을 모아 추석 전 성묘 간다고
발바닥 물집 터지도록
도시를 휘젓는다

2

컴컴한 관에 누워 물고기로 파닥이면
나는 벌써 달밤을 좋아하는 노파가 된다
어판장 경매 소리가
귀 후비고 달아난다

3

주일 아침 쪽방촌 확성기가 우렁차다
풋잠 털고 일어나 비틀비틀 걸어가니
한바탕 사진을 찍고
라면 한 박스 안겨 준다

꽃

허름한 부엌 안에
민들레 꽃대 올린다

문득 밥 한 술 들다
먼저 간 아내 생각에

빈 물컵,
눈물을 담아
뿌리까지
적신다

매화가 흐드러지다

영등포역 광장에 우뚝 서 있는 매화나무
지난 겨울 뜬 눈으로 꼬박 밤새우더니
이 봄날 전신 뒤틀며 눈물 달아 놓는다

마파람에 슬며시 내려앉은 꽃잎들이
급식소 지나 쪽방촌 골목까지 날아와
몸 죄다 망가진 판잣집에 옴짝 달라붙는다

그날 이후 잠 못 드는 나날들이 많아진다
잠시 동안 살다갈 집, 만발한 꽃을 보며
얼굴이 홍매화 되도록 대낮부터 취한다

철근공
– 영등포 쪽방촌 19

비 내린 날
재봉 아재
화투패를 돌립니다

바람 부는 날
여럿이 모여
빈 술잔을 돌립니다

공친 날
뼈 마디마디가
철근같이
흔들립니다

눈 내리는 저녁

잎 다 떨군 나무가 파르티잔처럼 움츠린
서로의 안부가 궁금해지는 자정 무렵
쪽방길 세워둔 손수레 바람 빠져 주저앉고

판잣집은 갈라진 틈새로 숨 내뱉는다
하룻동안 씹어 먹었던 도시의 흔적들을
지친 밤, 그 구멍 통해 모조리 게워낸다

눈발과 집이 부딪치며 바람의 현 고를 때
하늘은 조금씩 몸을 낮춰 노래하리
쪽방촌 지붕에 쌓인 눈발이여, 흰밥이여

제3부

저녁, 길을 나서다

진눈깨비 흩날리는 노역의 섬을 나오기 위해
벌써 늦은 아홉시 공장버스에 몸 맡긴다
집 향한 허연 길들이 자물쇠처럼 열리지 않고

버스에서 내려 가드레일 노란점 따라 걷는다
백합 향기에 취해가는 눈이 먼 첫사랑아
저것은 소금불일까, 멍든 가슴 쓸고 가는

희망아파트 상가 옆 포장마차 구석에 앉아
잠시 동안 걸었던 흰 길들을 부려놓고
푸석한 마흔의 몸에 술을 가득 붓는다

규찰을 서며

흰꽃 모여 손 비비는 긴 겨울밤 서걱서걱
스물아홉의 사내가 공장을 돌고 있다
기계들 어둠 뒤집어쓴 채 몸 잔뜩 웅크리고

도로 건너 염색공장의 불빛이 나풀거린다
저렇게 날아다니는 희망으로 아이 낳아
전셋집 저녁 밥상머리 초롱한 그 눈빛이여

천막집 안 토막잠 자는 정형의 어깨 위로
회사 폐업 전단지가 거머리처럼 달라붙는다
꿈길의 나무들이 자라 흰 밥꽃을 게워낸 밤

공단을 나서며

잘게 썬 저 눈발이 공단을 껴안는다
은박지에 그려진 볼품없는 공장들
밤마다 무릎 웅크리고 새우잠 자는 걸까

가로수가 몸부림친다 동통을 잊으려고
항상 이 길 걸어간 백일몽의 사내들도
어느 날 닳은 지문 보고 포장마차로 향했다

교대근무 마치고 탄 버스에서 나는 보았다
공단 가득 채웠던 눈줄기 속 유언을……
여태껏 신발 질질 끌며 정처없이 배회한다

가슴 벅찬 희열로 자궁처럼 포근했던 곳
철조망 아래 풀잎들이 바람에 술렁댄다
차창 밖 허리 잘린 노래가 소금꽃을 피우는 밤

신가리 포장마차

포장마차 후미진 자리 사내 몇 홀짝인다

실직의 나날만큼 비닐막 밖 비에 섞여

밤길에 마중 나온 아내 눈물 같은 술잔이다

봄날

공장 모퉁이
쪼그리고
몰래 담배 피운다

말랑말랑한 햇살이
온몸 칭칭 휘감고

풀밭을
두런거린 나비
개나리에
사뿐 앉는다

철야를 마치고

너무 조용한
새벽 네 시
또 이렇게 하루 갔다

작업을 멈추고
탈의실에서
풋잠 자면

자식들,
급식비 생각에
눈물겹고 흐뭇하다

점심시간

국수 먹고 담배 핀다 탈의실 옷장에 기대

여름 한낮 지친 몸이 면발처럼 휘어진다

희뿌연 연기 사이로 내비치는 유년의 꿈

몽롱함에 취해서 굴렁쇠를 몰고 가면

저 싱싱한 꿈으로 몸이 다시 기우뚱

오늘도 관에 벌렁 누워 죽는 연습 되풀이한다

퇴근

마음 힘줄 당기면서 사선으로 비 내린다
오래도록 몸 안에서 자란 희망슈퍼 은행나무
관절염 딛고 일어나 수액 빨아 올린다

바람이 찰랑거릴 때 나무는 온몸으로 운다
아스팔트에 유리컵에 물방울꽃 쏟으며
하늘의 큰 기침 들으려 귀를 쫑긋 세운다

퇴근버스 타기 전 희망슈퍼 평상에 앉아
누구도 주인될 수 없는 은행나무를 만지며
처량한 달빛에 반해 맥주를 벌컥 마신다

특근

하루 품삯 곱빼기인
국경일도 일요일도

집안의 상처들을
꿰매고자
출근한다

밤늦게
집에 들어가면
상처가 또
곪아 있다

예배당 가는 길

빗방울이 얼굴 때린다 만장도 훌쩍거리고
장의차에 누워 있는 소년의 마지막 모습
모두들 회사 정문에서 노제를 지켜본다

온도계부 수은 주입실 굵은 가래 내뱉으며
흐릿한 연기들이 빠져나가는 잠깐 동안
뜨끈한 사거리 국밥집과 야학 교실을 떠올린다

일요일 아침 철야하고 예배당 가는 길
신나에 취해 가랑잎처럼 흔들흔들 걸어간
소년의 축 처진 어깨 성경이 매달려 있다

예배당 구석 앉아 꾸벅 풋잠을 자다가
전신을 도려내는 통증에 고개 드니
툭, 툭, 툭 한 세상 아픔이 붉은 점을 찍는다

* 문송면 군은 15세에 수은중독 및 유기용제(신나) 중독으로 짧은 생을 마
  쳤다.

밤길

가로등이
졸고 있다

집으로 가는
퇴근버스

가압류한
시간 풀고

공단 밖으로
밀려난다

오늘도
헛것으로 산 몸,
술주사를
놓아야지

가리봉역을 지나며

가리봉역 지날 때 친구의 피울음 듣는다
창문 반쯤 열려 있는 골목 끝 벌집방
거기서 살림을 차린 스물둘의 선반공을

십이월도 주문이 잔뜩 밀려 철야를 했다
요란한 징글벨소리 공장 담을 넘어오고
무심코 그 풍경을 쫓다 잘려나간 엄지 한 마디

비닐에 급히 담아 응급실로 갔지만
너덜해진 엄지여, 한참을 속으로 울다
회사의 장미밭 아래 조심스레 묻었다

IMF 뒤 지하철 출입구에서 친구가
빈 밥그릇을 동전으로 채우고 있었다
긴 노숙, 고개 숙이고 나에게도 내민다

용접·1

불꽃 튀기며
지지지지
외식 가잔 아우성도

불꽃 튀기며
지지지지
틈새 보인 가정도

이십년,
비정규직으로
살아온 것
메꾸고 싶다

용접·2

불꽃을 일으키는
붓으로
그림 그린다

원시 부족
제의식이
밤까지 이어지고

태양을
가슴에 안고픈
노동은
계속된다

일요일

식구들 잠든 새벽 주섬주섬 옷을 입고 공단행 통근버
스 우두커니 기다린다 지난 밤, 질펀한 꿈이 바람에 실
려간다

차창 밖은 취기에서 깨어나 눈 비비고 잘근잘근 세상
을 씹어먹듯 비 내린다 순식간 도시를 꿀꺽 한다 나는
공복을 느끼고

휴일 아침 공단은 버스들로 붐빈다 온몸을 로봇처럼
움직이며 살아야 할 저 숙명, 컨베이어벨트 위 촉 나간
형광등 같다

우린 풀꽃이다·1

공장은 감옥이다 허리 펴지 못하고

왼종일 납땜하다 런닝에 소금꽃 피고

퇴근길 몇 점 먹은 비계가

자꾸 목에 걸린다

우린 풀꽃이다·2

– 철야를 하며

겨울 늦은 밤일 게다 사각사각 바람 불고

프레스 작업하며 절망을 찍어낼 때

창문 밖 은발의 어머니 울음 삼킨 채 바라본다

야식집 배달꾼이 철조망 너머 던져준

통닭에 술 걸친다 취할수록 더 선명해진

허기진 가족의 안부가 졸음처럼 밀려온다

우린 풀꽃이다·3

공단 모기들이
스크럼을 짜
몰려온다

칙칙 약을 뿌려도
끈질기게 달려드는

염병할
자본가 같은 놈
손으로 탁
후려친다

우린 풀꽃이다·4
– 파업

새벽 두시
고요하다

투쟁가만
빼고 나면

금형팀 사내 몇이
회사 정문을 지키고

대나무
꼭지에 걸린
작업복
펄럭이는 밤

우린 풀꽃이다·5
– 비

작업하다
몰래 나와
공장벽에 기댄다

한 세상 품고 싶었던
기름 절인
중년의 사내

내리는
비처럼 걸으며
목청껏
울어 본다

제4부

송정리詩篇·1

송정리역 앞 1003번지
맨몸으로 버티는

퇴페 이용원
그만둔
스물넷
누이가 산다

밤마다
환장하게 피어
쪽방 밝힐
자궁꽃

송정리詩篇·2

초저녁 술집마다 소리 지르며 눈 비빈다 황야의 무법
자처럼 거리를 주시하는 사내 몇 유곽 끝까지 천천히
걸어간다

그 질펀한 길 주위로 작부들이 웃고 있다 쪽방 가득
장미향 냄새가 물결치게 술집 안 의자에 앉아 장미담배
피운다

잠복한 어둠 밀치고 술집이 활활 탄다 손님 오는 소
리에 마음을 열어주니 사내들 꿈의 밑바닥에 새벽까지
갇힌다

송정리詩篇·3

종이꽃 같은 여자들이
라면으로 때우는 끼니

반쯤 열린 창문 너머
마파람 훌쩍 들어와

불혹이 반짝거리는
얼굴을 닦아 준다

무심코 스쳐 지나가는
그 바람이 혀 내밀어

한겹 한겹 옷 벗기니
술살이 통통 올랐다

주방의 늙은 작부 모습
거울에 또 비친다

송정리詩篇·4

탐조등 불빛 아래 나지막이 엎드린 거리
어등산 송전탑 부엉이처럼 눈을 껌벅
클럽 앞 스물 안팎의 여자애 울고 있다

봄 여름 가을 겨울 대공초소에서 본 용보촌은
세븐 스타 튜울립 술집들이 터를 잡아
밤마다 끈적한 몸짓으로 미군들을 유혹한다

편안하지 못한 생활 대못으로 내리 박혀
희망 같은 불씨 품고 하나둘씩 클럽을 떠나
흉흉한 소문을 남긴 채 미국행 비행기 탄다

* 용보촌 : 미군들을 상대로 한 술집 거리

송정리詩篇·5

지루한 노동이야 팝콘에 맥주 마신 뒤

얼굴은 금세 불바다, 꽃을 피운 가시내

닭피의 문신 자국 따라

피다 지는

장미 송이

송정리詩篇·6
— 비 오는 밤

먼 곳에서 바람 불고
문장들이 쏟아진다

다 떠난 뒤
남은 사랑
그런 것에 취해버린 밤

빈 방의
거울을 보며
몰래 몰래
우는 여자

송정리詩篇·7

— 노래

길들은 어디에서 시작하여 생 마칠까

늙은 작부의
한 세월을
하늘공원에서 뿌린다

이윽고 하늘을 발로 차고
날아가는
흰 새 본다

송정리詩篇·8

기차가 배 움켜쥐고 울컥 사람 토해낸다
광장 가로등 아래 서서 대합실을 두리번
희망이 바닥날 때까지 껌을 씹는 여자들

시내버스도 끊긴 새벽, 바람이 춤을 추고
한 사내 여자 따라 골목으로 사라진다
오늘은 숨결 뜨거운 들꽃이 활짝 필까

송정리詩篇·9

길 조차 마음 잠그고 네온만 실눈 뜬다
크고 작은 옴팍집들 몸 잔뜩 웅크린 채
가끔씩 잔기침하며 사내와 함께 문 연다

송정리역 해남집 순대국밥을 먹으며
나는 남도로 유배 오는 삼촌을 기다린다
컴컴한 터널 막 지나 어디쯤 오고 있을까

갑자기 잡눈 내린다 유곽을 후려친다
사는 것 큰 벼슬이냐고 유리창이 깨진다
국밥에 첨버덩 들어온 그 사상범을 씹는다

삼촌은 오지 않고 고즈넉한 1003번지
옴팍집 골방에서 세상에 대취한다
저 길들, 창자까지 얼어 나뭇가지 툭 부러진다

송정리詩篇·10

식칼 같은
비가 오네

가슴 한쪽 오릴 듯이

아침부터
저녁까지

속울음 크렁크렁

저 쪽방
구석에 앉아
엘레지의 여왕이네

송정리詩篇·11

새벽 두 시
포장마차
오뎅국물 마시는 여자

살짝 드러난 가슴에서
달러 몇 장
꺼내 센다

여윈 밤
식민지 하늘은
술에 취해
멍들었다

송정리詩篇·12

　　빗방울 후두둑 옥탑방을 때린다 밤의 시장 훤히 보이
는 감옥에서 노파가 산다 왼종일 작부들 빨래하며 간경
화를 버틴다

　　유곽의 거친 들판 컹컹 개처럼 헤매다 더 이상 갈 곳
없어 햇살에 이끌려 작부는 곱추 아들 데리고 송정리로
다시 왔다

　　저녁이면 시장은 물결에 흐느적거린다 송곳 같은 말
들과 안개를 투과한 노래들 펑펑펑 축포인 듯 놀란 맥
주병 따는 소리

　　불타는 하루의 강기슭에서 곱추는, 삐끼를 한다 한
때 푸른 나무였던 노파 위해 아침녘 약봉지 들고 옥탑
방 계단 오른다

21세기 '시조의 정치학'을 탐문하는

고명철(문학평론가·광운대 교수)

노란색 스쿠터가 거리를 달릴 때면
끝내는 어지러워, 날갯빛이 노랗다
더듬이 힘들게 세운 노랑나비 우리 언니

– 「스쿠터 언니」 부분

1

　여기, 시조의 자기 쇄신을 위해 묵묵히 정진하는 시인이 있다. 시조의 특장特長을 최대한 살리되, 자칫 소홀히 할 수 있는, 하지만 결코 무심할 수 없는, 시조의 사회학적 상상력을 치열히 탐문하는 시인이 있다. 그의 시조를 통해 사회학적 상상력이 근대적 자유시, 특히 리얼리즘 계열의 시에만 국한된 게 아니라는 사실을 알 수 있다. 물론, 한국 시문학사 전반에 걸쳐 어느 정도 이해를 하고 있는 사람이라면, 시조와 사회학적 상상력의 관계가 밀접하다는 점을 구태여 강조할 필요가 없다. 근대 이전부터 창작되기 시작한 시조는 그 중심 문학 담당층이 사대부인데, 그들은 시조의 양식을 통해 사대부의 성리학적 세계관을 노래하였다. 그들은 성리학적 세계관의 근간을 이루고 있는, 중세의 왕도정치王道政治를 실현하려는 유교의 현실주의적 세계관에 기반한 유가儒家의 서정을 노래하였다. 그러다가 조선조 후기 중인 가객들에 의해 사설시조가 널리 퍼지면서 현실에 대한 비판적 풍자를 보이기도 하였다. 근대 전환기를 맞이하면서 시조는 급격히 위축되었지만, 일제강점기의 현실에서 광범위한 항일민족주의와 맞물리는 가운데 시조부흥운동이 일어난 바, 지금까지 시조에서 결코 망실해서 안 되는 것은 현실과 관계를 맺는 시적 형상화이다.

그런데 돌이켜보면, 시조를 쓰는 시인이나 그것을 읽는 독자나 시조의 이러한 사회학적 상상력을 아예 무시하고 있지는 않은지, 아니면 시조의 시학에서 본령이 아닌 부차적인 것으로 제껴두려는 게 아닌지 곰곰 숙고해 보아야 하지 않을까. 나의 부족한 독서일지 모르지

만, 숱한 시조들 중에서 시조의 사회학적 상상력을 갈
고 다듬은 빼어난 작품을 만나기 힘들다.

2

그래서인지, 박현덕 시인이 이번에 묶는 시조집 『스
쿠터 언니』가 갖는 가치에 주목하지 않을 수 없다. 박
현덕 시인은 시조단에서 20여년의 시력詩歷을 지닌 중
견시인으로서 '역류' 동인으로 활동을 하며, 시조의 사
회학적 상상력을 밀도 있게 탐구해 왔다. 『스쿠터 언
니』를 통해 그는 시조의 영토를 확장시켜, 시조가 본래
지닌 사회학적 상상력의 숨결을 지금, 이곳의 시조 쓰
기에 불어넣고 있다. 하여, 박현덕은 '시조의 정치학'
을 새롭게 궁리하고 있다.

가리봉역 지날 때 친구의 피울음 듣는다
창문 반쯤 열려 있는 골목 끝 벌집방
거기서 살림을 차린 스물둘의 선반공을

십이월도 주문이 잔뜩 밀려 철야를 했다
요란한 징글벨소리 공장 담을 넘어오고

무심코 그 풍경을 쫓다 잘려나간 엄지 한 마디

비닐에 급히 담아 응급실로 갔지만
너덜해진 엄지여, 한참을 속으로 울다
회사의 장미밭 아래 조심스레 묻었다

IMF 뒤 지하철 출입구에서 친구가
빈 밥그릇을 동전으로 채우고 있었다
긴 노숙, 고개 숙이고 나에게도 내민다

– 「가리봉역을 지나며」 전문

국가부도사태라는 전대미문의 사건 이후 시적 화자는 가리봉역을 지나며 "긴 노숙"을 하고 있는 친구를 통해 과거를 회상한다. 새파랗게 젊었을 적 과거에도 친구는 고통스러웠다. 선반공인 친구는 "주문이 잔뜩 밀려 철야를" 하다 "무심코" 공장 밖으로부터 들려오는 연말 풍경의 대표적 소리인 징글벨에 그만 "엄지 한 마디"를 잃었다. 박현덕 시인은 친구를 에워싼 이 두 가지 풍경을 시조의 정제된 압축미를 통해 한국사회에서 노동자가 겪었고, 겪고 있는 암울한 현실을 서정적으로 드러낸다. 수출주도형 국가발전의 전초기지로 조성된

구로공단의 가리봉동은 한국사회의 온갖 노동의 질곡
과 억압이 자행된 곳이며, 또한 그것에 맞선 노동운동
이 활발한 곳이기도 하다. 그곳에서 노동자들은 국가발
전을 위한 수출 산업일꾼이란 미명 아래 열악한 노동
환경과 조건 속에서 일을 해왔다. 신체의 부분이 훼손
되고, 심지어 목숨을 잃으면서까지. 그런데, 이렇게 열
심히 일한 대가로 노동자는 행복한 삶을 영위하는 게
아니라, IMF를 맞이하면서 광풍처럼 불어닥친 신자유
주의의 구조조정으로 그나마 일하고 있던 일터에서 나
와 노숙자의 신세로 전락하고 말았다. 이 얼마나 도저
히 믿을 수 없는 아이러니한 일인가. 그들은 국가발전
을 위해 죽어라고 일을 하였건만, 국가부도사태로 인해
실업자로 곤두박질치고 더 이상 노동을 할 수 없어, 뭇
사람들의 냉대와 비난의 시선을 견뎌내야 하는 굴욕적
인 길거리 삶을 살아야 하다니 말이다. 박현덕의 문제
의식은 이렇게 준열하다.

　과연, 누가, 그들을 거리의 삶으로 내몰도록 슬픔을
안겨주는가.

　　포장마차 후미진 자리 사내 몇 홀짝인다

실직의 나날만큼 비닐막 밖 비에 섞여

밤길에 마중 나온 아내 눈물 같은 술잔이다

– 「신가리 포장마차」 전문

그들은 "하루 품삯 곱빼기인/국경일도 일요일도"(「특근」) 마다하지 않았다. "허리 펴지 못하고//왼종일 납땜하다 런닝에 소금꽃 피고//퇴근길 몇 점 먹은 비계가//자꾸 목에 걸린"(「우린 풀꽃이다·1」) 것도 아랑곳하지 않은 채 "겨울 늦은 밤일 게다 사각사각 바람 불고//프레스 작업하며 절망을 찍어낼 때//창문 밖 은발의 어머니 울음 삼킨 채 바라본다"(「우린 풀꽃이다·2」)고 그들의 처지를 스스로 위무할 따름이었다. 20세기의 노동자들은 노동을 착취당하면서도 그 노동의 현장을 떠나지 않고, 그곳에서 노동의 가치를 발견하며 노동해방의 꿈을 꾸었다.

그런데, IMF 이후 신자유주의 체제 아래 21세기의 노동자들은 노동의 유연성에 볼모로 잡힌 채 노동의 현실에서 부유하게 되었다. 이제, 노숙의 삶을 살 수밖에 없는 「가리봉역을 지나며」의 친구와 같은 뿌리뽑힌 사람들은 고정된 일터가 아닌 곳에서 날품팔이 인생을 살아간다(「인력시장에서」). 그나마 새벽 인력시장에서 자신의 노동을 필요하는 곳이 있으면 좋다. 하지만 경기 불황의 늪에서 노동을 팔 곳은 그리 많지 않다. 무슨 일이든지 몸을 움직여 일을 하고 싶지만, 어찌된 영문인지 일을 할 곳이 없단다.

늙고 병든 생선을 심술궂게 발로 차는
이렇게 공친 하루 잔술로 마음 누르고
지하철 계단에 앉아 빈 밥그릇 내민다
– 「빤히 들여다보인 하루」 부분

아니, 최후의 보루로 일을 할 곳이 있다. "지하철 계단에 앉아 빈 밥그릇"을 내미는 게 남았다. 누가 뭐라 하든지, 살아야 한다. 그래서 내일 또 다시 새벽 인력시장에서 노동을 당당히 팔아야 한다. 21세기에도 여전히 존재하는 20세기식 새벽 인력시장에서 말이다.

3

박현덕의 시조를 음미하는 내내 이토록 집요하게 시조의 양식을 통해 21세기 한국 노동의 현실을 파헤치고 있는 것이야말로 다른 시인의 시조와 뚜렷이 구별되는 박현덕만의 일종의 '시조의 정치학'이라 할 만하다. 특히 이번 시조집에서 각별히 주목되는 것은 시조집의 제명에서 강하게 환기되는 밑바닥 삶을 살고 있는 여성의 삶과 현실을 시조로 읊고 있다는 점이다.

제4부 '송정리詩篇' 연작들에서 박현덕은 미군기지촌 주변에서 살아가는 직업 여성들의 삶의 풍경을 절제된 시조의 품격으로 보여준다. 그렇다면, 송정리는 어떤 내력을 간직하고 있는 곳인가.

빗방울 후두둑 옥탑방을 때린다 밤의 시장 훤히 보이는 감옥에서 노파가 산다 원종일 작부들 빨래하며 간경화를 버틴다

유곽의 거친 들판 컹컹 개처럼 헤매이다 더 이상 갈 곳 없어 햇살에 이끌려 작부는 곱추 아들 데리고 송정리로 다시 왔다

저녁이면 시장은 물결에 흐느적거린다 송곳 같은 말들과 안개를 투과한 노래들 펑펑펑 축포인듯 놀란 맥주병 따는 소리

불타는 하루의 강기슭에서 곱추는, 삐끼를 한다 한
때 푸른 나무였던 노파 위해 아침녘 약봉지 들고 옥탑
방 계단 오른다

– 「송정리詩篇·12」 전문

송정리의 내력이 요란스럽지 않지만 결코 간단하지
않음을 단박에 알아챌 수 있다. 그 어떤 존재의 존재성
도 눈곱만치 존중하지 않는 "송곳 같은 말"이 난무하고,
헤아릴 수 없는 깊고 깊은 사연이 희부윰한 "안개를 투
과한 노래"로 자욱하며, 세상의 온갖 기쁨을 절정에서
누리고자 안간 힘을 쓰는 "맥주병 따는 소리"로 공명하
는 유곽, 그렇게 송정리는 밤에 갖가지 야화夜花를 피워
낸다. 그곳은 묘한데, 작부들은 그곳을 영원히 떠날 수
없다. 떠났던 작부는 "곱추 아들 데리고 송정리로 다시"
돌아와, "왼종일 작부들 빨래하며 간경화를 버"티며 살
아간다. 유곽 송정리는 작부들의 삶터 그 자체다. 그리
고 그곳에서 작부들은 삶을 마감한다("늙은 작부의/한
세월을/하늘 공원에서 뿌린다" 「송정리詩篇·7」).

박현덕에게 송정리란 공간은 유한자로서 인간의 성
聖과 속俗을 새롭게 발견하는 곳이면서, 한국사의 뒤틀
린 근대성을 적나라하게 응시할 수 있는 역사적 공간이

97

다. 비록 송정리는 숱한 유곽 중 하나에 불과하지만, 「송정리詩篇·12」에 등장하는 노파와 작부들의 삶 깊숙한 곳에서 솟구쳐 시나브로 번지는 생의 비의성秘義性에 헤아릴 수 있듯, 송정리와 관계를 맺은 사람들은 "밤마다/환장하게 피어/쪽방 밝힐/자궁꽃"(「송정리詩篇·1」)의 숭고한 아름다움을 망각할 수 없다. "희망이 바닥날 때까지 껌을 씹는 여자들"(「송정리詩篇·8」), "밤마다 끈적한 몸짓으로 미군들을 유혹"(「송정리詩篇·4」)하는 여자들, "쪽방 가득 장미향 냄새가 물결치게 술집 안 의자에 앉아 장미담배 피"(「송정리詩篇·2」)우는 여자들은, "다 떠난 뒤/남은 사랑/그런 것에 취해버린 밤"(「송정리詩篇·6」)의 순정성을 누구보다도 온몸으로 간직하고 있기 때문이다.

새벽 두 시
포장마차
오뎅국물 마시는 여자

살짝 드러난 가슴에서
달러 몇 장
꺼내 센다

여윈 밤
식민지 하늘은
술에 취해
멍들었다

– 「송정리詩篇·11」 전문

송정리의 여자들은 그저 유곽에서 매춘을 하며 삶을 사는 존재로만 인식해서는 안 된다. "살짝 드러난 가슴에서/달러 몇 장/꺼내"며 "오뎅국물 마시는 여자"는 시인이 간절히 말하고 싶은 송정리의 역사성이며, 바로 한국사회의 뒤틀린 근대성일 터이다. 언제면, "식민지 하늘"의 덮개를 벗겨버릴 수 있을까. 시인에게 "식민지 하늘은/술에 취해/멍들었"을 따름이다. 시인에게 송정리는 제국과 식민의 은유적 공간 그 이상도 그 이하도 아닌 셈이다.

송정리는 이처럼 시인의 문제의식을 더욱 웅숭깊게 하는 문제적 공간으로 손색이 없다. 아직도 제국의 지배에서 온전히 벗어나지 못한 채 식민의 잔재를 안고 있는 한국사회의 현실에 대한 예각적 문제의식을 드러낸 시조의 사회학적 상상력을 가볍게 넘겨볼 수 없다.

4

그런데, 박현덕의 사회학적 상상력에서 강조해두고 싶은 게 있다. 한국사회의 이러한 문제적 현실을 시조의 양식을 통해 증언하고 고발하는 이른바 '시조의 정치학'을 감싸고 있는 시인의 시적 태도는 사회적 약소자들을 향한 사랑이다. 부정한 현실에 대한 분노와 증오만으로 박현덕의 사회학적 상상력을 이해해서는 곤란하다. 앞서 살펴본 노동자의 적빈赤貧한 삶의 현실과 송정리의 악다구니치는 작부들의 삶의 현실을 에두르고 있는 것은 약소자들을 향한 시인의 연민이며 사랑의 시적 태도다.

밤 도시랑 어깨 걸치며 취하도록 노래 부른다 그러
다가 전봇대 붙잡고 속엣것을 뱉어낼 때 아줌마 살살
다가와 등짝을 두드린다

꿈을 밟고 쉰 넘긴 대인동의 작부였다 입영 전 그녀
에게 왜 나를 주었는지 가슴이 너무 추워서 그어 댄
성냥불처럼

쪽방촌 미로를 따라가 방에 눕는다 천장 통해 별동

별 한꺼번에 쏟아지고 여자는 가슴을 열고 향기 없는
꽃을 판다

– 「그 여자」 전문

　위 시조는 '영등포 쪽방촌·7' 이란 부제가 붙어 있다. "입영 전" 도시의 밤에 만취한 시적 화자는 "꿈을 밟고 쉰 넘긴 대인동의 작부"와 밤을 보낸다. 시적 화자는 "향기 없는 꽃"내음에 끌린 것이다. 향기가 없는데 말이다. 아름다움을 잠시 소유하기 위한 게 아니라 무엇엔가 홀린듯 작부를 따라나선 것이다. 이 말할 수 없는, 분명히 파악할 수 없는, 그 무엇이 바로 '끌림'의 이유다. 뚜렷한 이유를 알 수는 없지만, 입영을 앞둔 젊은 청춘을 휩싸고 도는 세상과의 단절감과 고립감은 한창 나이를 넘겨 이제 작부의 삶을 포기해야만 하는 대인동 작부의 환멸과 절망에 순간 포개진 게 아닐까. 서로의 존재에 대한 연민과 사랑이야말로 박현덕의 시세계에서 놓쳐서는 안 될 미덕이다.

　이러한 시적 태도는 이번 시집 곳곳에서 음미할 수 있다. 가령, 다음의 시조에서 훈훈한 인간미는 사회학적 상상력을 뒷받침하고 있다.

선잠 털고 일어나 비닐창을 걷으니 국숫발 같은 여
린 비가 판자벽을 적신다 햇살이 드리워지면 푸른 잎
을 펼치겠지

나무집 앞 의자에 앉아 사거리 잡아 당긴다 천 원짜
리 멸치국수 대기표 받는 사람들 그나마 행운이라고
국물까지 삼킨다

봄 여름 가을 겨울 국숫집은 붐빈다 아이의 첫돌 때
도 노인의 죽음에도 쪽방촌 안개를 뭉쳐 뽑은 긴 면발
을 먹는다

– 「할머니국숫집」 전문

　“천 원짜리 멸치국수”를 파는 국숫집은 “대기표 받는
사람들”로 북적인다. 그 국숫집에서 파는 국수는 행복
을, 그리고 행운을 듬뿍 팔기에, 언제나 사람들로 붐빈
다. 그 국숫집 주인인 노인이 죽었는데도 쪽방촌 그 국
숫집 국수의 맛은 천하일품이다. 가난하고 힘 없는 사
람들에게 국수는 사랑의 양식이며, 절망을 딛고 일어나
게 하는 희망 그 자체다.

5

아차, 문득, 섬광처럼 어떤 시적 전언이 손에 잡힐 듯하다. 박현덕의 『스쿠터 언니』에는 '시조의 정치학'을 탐문하는 시인의 치열성이 배여 있되, 여기에는 그가 애정어린 시선을 쏟고 있는 사회적 약소자들을 향한 사랑과, 그들이 현실에 절망하지 않고, 현실의 아픔과 고통을 견뎌 일어서게 하는 희망의 국수를 정성스레 뽑아내고 있지 않은가. '할머니국숫집'이 가장 맛있듯, 박현덕 시인은 오랫동안 갈고 다듬어진 시조의 품격으로써 뭇사람들의 고통스런 삶과 현실을 달래주고 치유해주는 시조의 웅숭깊은 맛을 새롭게 창출해내고 있다.

문학들 시선 012

스쿠터 언니

초판1쇄 찍은 날 | 2010년 3월 29일
초판1쇄 펴낸 날 | 2010년 4월 6일

지은이 | 박현덕
펴낸이 | 송광룡
펴낸곳 | 문학들
등록 | 2005년 8월 24일 제2005 1-2호
주소 | 503-821 광주광역시 남구 양림동 24-18번지 2층
전화 | 062-651-6968
팩스 | 062-651-9690
전자우편 | munhakdle@hanmail.net

ⓒ 박현덕 2010
ISBN 978-89-92680-39-4 03810